Ialtag fo Eagal

Sgrìobhte le Jonathan Meres
Deilbhte le Anders Frang

Tha an leabhar seo le:

_____

Gu Lily Ina. An laltag bheag as ùire — JM

Gu Viv agus Kathryn, le buidheachas — AF

Taing mhòr do Jonathan agus Anders airson siùdadh agus siabadh còmhla rinn air ar turas-dàna — LDB

A' chiad fhoillseachadh sa Bheurla 2021 le Little Door Books

mail@littledoorbooks.co.uk

www.littledoorbooks.co.uk

twitter: @littledoorbooks

A' chiad fhoillseachadh sa Ghàidhlig an 2022 le Acair, An Tosgan, Rathad Shìophoirt, Steòrnabhagh, Eilean Leòdhais HS1 2SD

info@acairbooks.com   www.acairbooks.com

An tionndadh Gàidhlig le Dolina NicLeòid
An dealbhachadh sa Ghàidhlig le Mairead Anna NicLeòid

Tha Acair a' faighinn taic bho Bhòrd na Gàidhlig.

Gheibhear clàr catalog CIP airson an leabhair seo ann an Leabharlann Bhreatainn.

LAGE/ISBN 978-1-78907-120-7

Clò-bhuailte ann an Sìona le 1010

Anns a' Choille Dhubh, Dhorch bha an oidhche ri teiche.

Bha gach cùl is oisean le soillse gan lìonadh.
Bha cùisean ri gluasad. Bha sgiathan ri fosgladh.
A' ghrian ag èirigh. Bha latha a' tighinn.
Anns a' Choille Dhubh, Dhorch bha mhadainn air fàire.

Ach, cha robh a h-uile creutair a' dùsgadh 's a' crathadh.

Ann an lagan seann chraobh daraich, bha laltag Mhòr, laltag Mheadhan agus laltag Bheag a' crùbadh ri chèile 's a' dùnadh an sùilean.

Thug iad fad na h-oidhche a' siùdadh agus a' siabadh.

A-nis bha an t-àm ann a dhol mu thàmh agus bruadar len casan os an cionn.

"Chan eil an cadal orm!" ars Ialtag Bheag.

"Ssshhh, Ialtag Bheag!" ars Ialtag Mheadhan. "Tha e a' fàs tràth."

"Mura cadail thu an-dràsta, bidh tu sgìth air an oidhche," ars Ialtag Mhòr.

Dhùin Ialtag Bheag
a shùilean gu teann.

Ach, bha a' Choille Dhubh,
Dhorch a' fàs nas soilleire.
Deàlradh tràth.

Bha an adhar làn fuaim – dranndan
agus dùrdail
agus drumaireachd.

Cha robh Ialtag Bheag idir dòigheil leis.
'S esan nach robh.

"Chan eil an cadal orm," ars Ialtag Bheag.

"Chan eil an solas a' cur eagal ort, a bheil?"
ars Ialtag Mhòr le fiamh a' ghàire.

"Chan eil!" ars Ialtag Bheag.

"Tha ma-thà! 'S e a tha!" ars Ialtag Mheadhan le gàire fanaid.

Thòisich Ialtag Mheadhan is Ialtag Mhòr a' seinn còmhla —
"Eagal air Ialtag! Eagal air Ialtag! Ner, ner, ner, ner, ner!"

Le placadaich socair ghluais Ialtag Bheag gu doras an lagain.
Cha robh dol às ann.
Shealladh e dhaibh nach robh e fann.

Bho tharraing nan cois dh'fheumadh e fois.
Bha cheart cho math togail às.

"Càite a bheil thu a' dol?" ars Ialtag Mhòr.

"A-mach," ars Ialtag Bheag gu gaisgeil.

"Ooooooooooh!" ars Ialtag Mheadhan.
"Thoir an aire bhon BHÒCAN!"

"Agus rudan a tha a' bragail tron latha!"
ars Ialtag Mhòr.

Sheinn Ialtag Mheadhan is Ialtag Mhòr còmhla –
"Eagal air Ialtag! Eagal air Ialtag! Ner, ner, ner, ner, ner!"

Thug Ialtag Bheag sùil a-mach bhon sheann chraobh daraich.

Cha robh a' Choille Dhubh, Dhorch buileach cho dorch a-nis.
Cha robh Ialtag Bheag idir cho cinnteach.

Ach aon... dhà... trì...
agus le "Wheeeee!" bun-os-cionn.

Wheeee!

Sgaoil e a sgiathan...

...agus a-mach gun deach e.

Bha Ialtag Bheag a' siùdadh
agus a' siabadh.
A' fruiseadh agus a' ruiseadh.
A' siceadh agus a' sgreuchail
agus a' cur car air char.

A-mach 's a-steach am measg nan geugan.
Car a' mhuiltein anns an adhar.

Bha Ialtag Bheag gaisgeil.
Bha Ialtag Bheag dòigheil.

Bha Ialtag Bheag mar Rìgh
air a' Choille Dhubh, Dhorch.

Ach dìreach an uair bu mhisneachaile a bha e.

Gun cabhaig no greasadh dhachaigh.

Dh'fhidir Ialtag Bheag nach robh e leis fhèin.
Boillsgeadh de rudeigin. A chridhe a' placadaich.

Duilich gun a bhith a' smaoineachadh... ach feumaidh gur e...

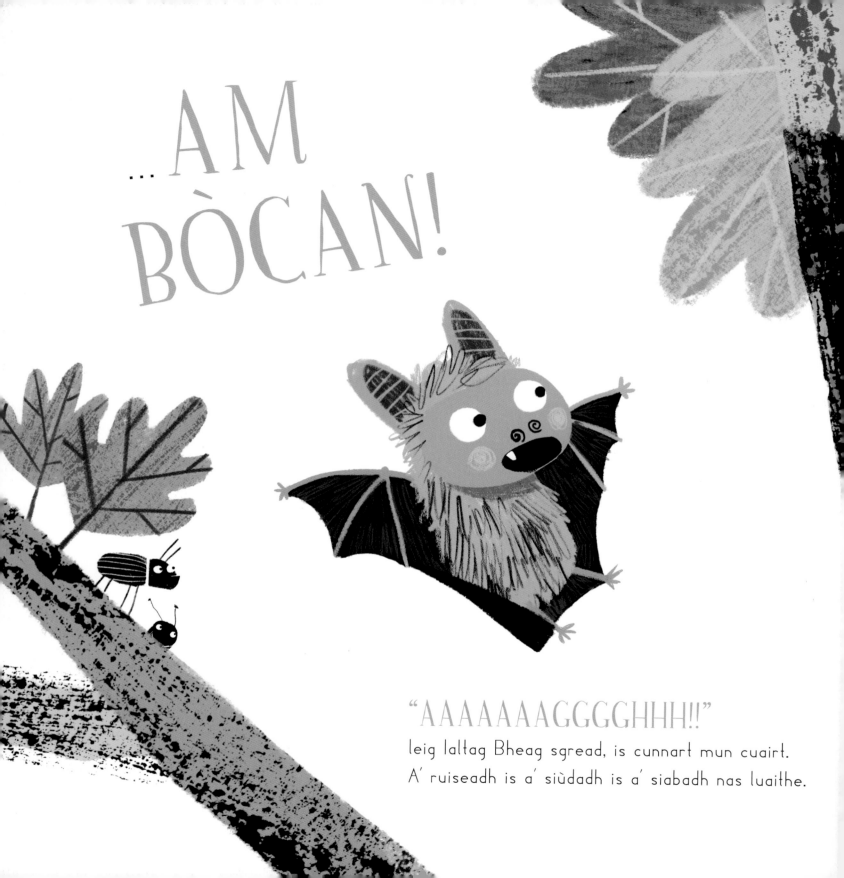

...AM BÒCAN!

"AAAAAAAGGGGHHH!!"
leig Ialtag Bheag sgread, is cunnart mun cuairt.
A' ruiseadh is a' siùdadh is a' siabadh nas luaithe.

Ach ge bith càite an dèidheadh Ialtag Bheag...
bha Am Bòcan an sin cuideachd.

Gus an do thuig Ialtag Bheag.
Cha robh adhbhar eagail ann.
Cha robh anns a' Bhòcan ach...

...fhaileas fhèin!

"WHEEEEEE!" ars Ialtag Bheag, is e a' dèanamh air an dachaigh,
a' leigeil air gu robh fhios aige fad na h-ùine.

Air ais ann an lagan
an t-seann chraobh daraich,
bha Ialtag Mhòr is Ialtag Mheadhan
a' gabhail fadachd.

Iomagain a' dol am meud
gach mionaid.
Ag iarraidh Ialtag Bheag
air ais san ionad.

"Ach, càite an deach e?"
ars Ialtag Mhòr.

"Thalla is seall,"
ars Ialtag Mheadhan.

"Cha tèid, theirig fhèin is seall,"
ars Ialtag Mhòr.

"Tiugainn nar dithis a shealltainn,"
ars Ialtag Mheadhan.

Bha Ialtag Mhòr is Ialtag Mheadhan a' gìogadh a-mach às an lagan.
An dithis le eagal nach biodh a' fàgail ach aonan.

Ag èisteachd ri rudan a bhios a' bragail san latha.
Bha iad le eagal ron t-solas — ach cha bhiodh math sin a ràdh.

Chum Ialtag Mhòr is Ialtag Mheadhan sùil air fàire.
Mòr-mhiann gun tilleadh Ialtag Bheag air ais dhan chraobh.

Agus an uair sin...

"BOO!!"

dh'èigh Ialtag Bheag is e a' nochdadh gu h-obann.

"AAAAAAAGGGHHHH!!!"
leig Ialtag Mhòr is Ialtag Mheadhan sgreuch còmhla.

"Eagal air Ialtagan! Eagal air Ialtagan!"
sheinn Ialtag Bheag le mòr-shunnd...

...air ais ann an lagan an t-seann chraobh daraich.